# 因为那朵云

大 树◎著

Yinwei Na Duo Yun

时代出版传媒股份有限公司
安 徽 文 艺 出 版 社

图书在版编目（CIP）数据

因为那朵云/大树著. 一合肥：安徽文艺出版社，2024.3
ISBN 978-7-5396-7940-2

Ⅰ. ①因… Ⅱ. ①大… Ⅲ. ①诗集－中国－当代
Ⅳ. ①I227

中国国家版本馆 CIP 数据核字(2024)第 026501 号

出 版 人：姚　巍
责任编辑：秦知逸　　装帧设计：张诚鑫

出版发行：安徽文艺出版社　www.awpub.com
地　　址：合肥市翡翠路 1118 号　邮政编码：230071
营 销 部：(0551)63533889
印　　制：安徽联众印刷有限公司　(0551)65661327

开本：880×1230　1/32　印张：9　字数：180 千字
版次：2024 年 3 月第 1 版
印次：2024 年 3 月第 1 次印刷
定价：68.00 元

# 白云处处长随君

## ——序大树《因为那朵云》

卢光阳

大树君的诗集《因为那朵云》出版了。

大树君和我是老文友，我们已密交二十五年。

他在2016年写诗后，每天都发一首新作和一两幅图片在微信朋友圈中，我几乎天天都当第一读者。算起来，从2016年到现在，竟读了他的近三千首诗。

我不仅天天欣赏他的诗作，而且还经常和他一起海谈与诗相关的话题。这种妙不可言的体验在我个人的阅读经历中是绝无仅有的。

今年6月，他告诉我，已着手从八年间的诗作中挑选两百余首出个集子，并邀我作序。我二话没说就答应了，因为我一直从心底里喜欢他的诗。

我最喜欢大树诗特具的“儿童味”。这里说的“儿童味”，指的是他的不少诗具有童趣视角、童稚思维、童真语言。一个和儿童差不多隔了三代的人，能把诗写出“儿童味”，这的确是难能可贵的。

他的诗里，有太多的诸如小麻雀、大公鸡、小松鼠、放风筝等儿童题材。

他的诗里，有太多的“儿童之问”：枯树上的鸟孤独吗？高楼之间的太阳在偷窥人间什么？松鼠离开了松还叫松鼠吗？天下公鸡为什么都在一样的晨时唱同一首歌？

在他的“儿童味”诗中，有太多的儿童喜爱的浪漫、幼稚的奇思和天马行空式的畅想，以及天真的拟人、比喻等童诗不可或缺的要素。

大树诗的“儿童味”，源于他的教育经历，缘于他的儿童情怀，来自他诗歌创作的理念。

他的父亲是一位中学教师。他至今记得孩提时代父亲经常给他诵读的童谣。

在几十年的小学语文讲坛上，他和孩子们共赏了太多的童诗。

他主张在追求诗意、不失诗韵的基础上，力求使自己写的每一首诗都是“明白诗”，都能让小学生看得懂，而不必故作深沉、云里雾里。

“看得懂”反映出他的诗歌观。

诗如其人。他的诗如他的人一样质朴，不拐弯抹角，不求深奥，不事虚言，不多彩饰，说真言，讲实话，心怎么想，诗怎么写，原味本真，和盘托出。

他童心未泯，心一直与儿童相通。

这正是这位五十多岁的诗人能信手写出儿童味道、儿童腔调、儿童色彩诗歌的根本原因。

我一直认为，能称得上真言善言美言且有诗意的诗就是好诗；如果这样的好诗，再有令人读之不忘、出口成诵乃至口口相传的妙句，那就是一流的好诗！

大树的诗都不长，大多只有十几句，但有不少得其三昧的思语、文浅意深的哲理、耐人咀嚼的睿言、言近旨远的警句。

他的不少诗善于以极具个性的视点，从独特的角度切入画面的某个支点、剖面，或横看，或侧看，或俯查，或仰观，或远观，或近视，或描外，或入里，总之尽可能地咬准诗意的泉口，写出有理性、有思想、有哲理、有诗意的点睛之语。

在大树的诗中，随处可见这样的点睛之笔：

“笼子，大大小小；笼子，有形无形。在不在笼子里，自己并不一定知晓。”（《内外》）

“当制造的轰鸣，为百姓，噪音也是福音。”（《噪音　福音》）

“只做一片绿叶，一辈子守着一个枝头。”（《花与果》）

“我想说，最好听的歌，其实就是一个人的心跳。”（《最美妙的音乐》）

“天上陨落一颗最珍贵的稻穗，人间数不清的稻田在流泪。”（《杂交稻》）

这些被称为“诗眼”的“金句”，俯拾皆是，耐人咀嚼，甚或能过目成诵。

大树说他特别喜欢两个人的诗，其中一位是印度大诗人泰戈尔。他的案边床头，常放着泰戈尔的《吉檀迦利》《飞鸟集》，泰戈尔很多著名的诗句他能脱口而出。

他也喜欢近几年声名鹊起的我国当代诗人张二棍的诗，赞扬其诗善于从司空见惯的真实生活中写出不寻常的哲理。

从大树的不少富含哲理的“金句”中，多少能看到其受上述两位诗人的影响吧！

诗言志，歌咏言。“感人心者莫先乎情。”大树的诗，最能引起人共鸣的是那跳动在字里行间的特殊情结。

他的笔下，那给了他太多的童年、少年、青年美好记忆的瓦埠湖，那永远记得的回家小路，那家乡的秋，那故土的可敬双亲……每次捧读他写的充溢乡情、亲情、友情，浓郁师生情、山水情、英雄情的诗，我都心动不已，仿佛又接受了一次美好纯真的人间至情的洗礼。

而更令人称羡的是，在这些抒情中，无论是直抒胸臆，还是寓情于叙事和白描之中，诗人都如同一位温柔敦厚的长者拉家常似的，细腻温馨、语调平缓、理性冷静地向后生讲述积蓄了多少年的“情话”。

这些“情话”用的是大树很个性的表情方式，不浓墨重彩，不刻意渲染，更不煽情，所谓情浓墨淡是也。

这有点像中国画的一种画风，虽寥寥几笔点染，却媲美浓墨重彩之效。

诗画本来就是同源相通的。

大树曾拜中国画名家梁华中教授为师，学过五年多中国画，而梁教授则是安徽黄山画派大家郭公达先生的弟子。郭公达先生的山水画小品一向以“疏密有致，简约有神”著称。

大树在中国山水画方面习得了多少真招，体悟到多少真经，我尚未问他。但看看这位合肥市美协会员以山水画写意白描的手法传情、以轻妆淡抹之笔表意的诗作，我想他是悟到了中国山水画真谛之一二的。

诗歌创作的难点和亮点都在出新。

大树最难能可贵的是他将“烂熟”的题材写出不一样的诗意。

他的诗从题材内容上看，皆为别人写足了的平常生活、寻常题材，所托之物、所借之景随处可见。但他却能高人一筹，平中见奇，写出人有我新、屡出新意的诗。

他写田园中一棵默默无闻的树：“（一棵树）独守万片田亩，到百年，没有半分挪移。”（《田间一棵树》）

他从小鸟寻枝的平常画面中捕捉到温馨感人的一幕：“你从遥远奔来，振动着翅膀，可知否，每一根带着体温的枝条，都迎着你伸长、伸长。”（《为鸟儿伸长》）

当人们都在夸赞果实时，他的笔下出现了值得尊重的叶和引以为豪的花：“无花的日子里，叶子就是花。”（《叶子是花》）

“花开了，向世界发一个藏不住的宣告，结不结果，先在碧绿稠密的高枝头窜几把火。”（《窜几把火》）。

大家都在写莲花，可有几个人在意莲池的水呢？诗人是这样赞水的：“捧着一颗心，一尘不染地从淤泥中走出来。池水怜爱，把她从头到脚都洗涤一遍，让她美美地开。”（《莲花》）

从这些别有新意的诗中，可以看出诗人不仅是一个“三观”很正的人，而且是一个具有一定洞察力、分析力和创新力的人。

大树的诗，不是简单地将散文化的长句化为短句排列，而是实实在在地透示中国古典诗歌神韵的现代诗。集子里的绝大部分诗吟诵起来朗朗上口，其中一部分是完全可以谱曲歌唱的。从诗句结构上看，基本是长短句交叉使用，炼字炼句一看就知下了功夫；节奏分明，且不少诗韵律和谐，抑扬顿挫，俨然就是一首歌词。

读大树的诗，不能忽视他的摄影。他的书为“每日图诗自选集”，将摄影图片和诗歌相结合，正是这本集子的一大特色。大树是本土的一名摄影家，在摄影圈子里享有一定的知名度。图片作为一种独立的艺术品，自然也可以单独欣赏，很多图片的取景、构图、色彩、光影，所反映的意境，所表达的美学意义，应该都是很专业的，有的还是一流的。而美图配佳诗，则给人图文并茂、锦上添花、珠联璧合之感了。

诗缘于图，诗图虚实相映，相辅相成，互为增色。当然，有的画面只是吟诗的由头、背景或底色，甚至仅仅是由头。诗与图，先有图，后有诗，但他的诗不是简单地重复或图解画面，或单一承担图片说明的角色，而是充分运用发散联想、引发议论、激起思辨的方式，大胆地表达一种独特的画中意、画外情、画外音，通过发挥特殊的点睛、展翅、亮旨功能，升华画面的深层意义，从而构成了一个集思想者、诗人和摄影家于一体的立体形象。

当诗人，几乎是每个年轻人的梦。大树的诗人梦做得较晚，在知天命之年才入梦，且一梦即圆。

其实，此时的他入梦，既有着年轻人的激情，又有着熟透世事的冷静，积蓄更厚些，理性更多些，思考更深些，加之他不走捷径，只是靠执着、坚守，八年痴迷，一日不辍，足见其对诗歌之爱有多深！

大树把自选集定名为“因为那朵云”。书名源自他写的一首挺美的诗：“因为那朵云，我看到了那棵树，白云躲在树的最高处。因为那朵云，我看到了那座楼，笑脸就映在那扇明亮的玻璃后。”

大树的不少诗都有白云这么美的意象入诗，现在又把白云置于诗集最高的位置，可见他对白云是多么钟爱！

白云，是不是他心中“诗歌女神”的象征呢？

“因为那朵云”，让我想到了唐代大诗人李白的《白云歌送刘十六归山》中的一句诗：“白云处处长随君。”

已有八年“诗龄”的大树君，正处在诗歌创作的“少年时代”。祝愿“白云处处长随君”，日日诗泉汩汩，稳健地迈向诗歌的“青年”“壮年”时代……

（写于 2023 年 8 月）

# 目　录

# 轮　廓

用红甜的墨香
在蓝天白云间
勾勒
秋的轮廓

2016.10.23

# 落在地上的叶子

比长在树上的更美
它们终于自己
站在了地上

2016.11.28

# 大　爱

大美
一朵
大爱
一心

2017.1.11

# 太阳回家

傍晚
有人在水边散步

太阳没处去
悄悄跟着
一起回家

2018.7.3

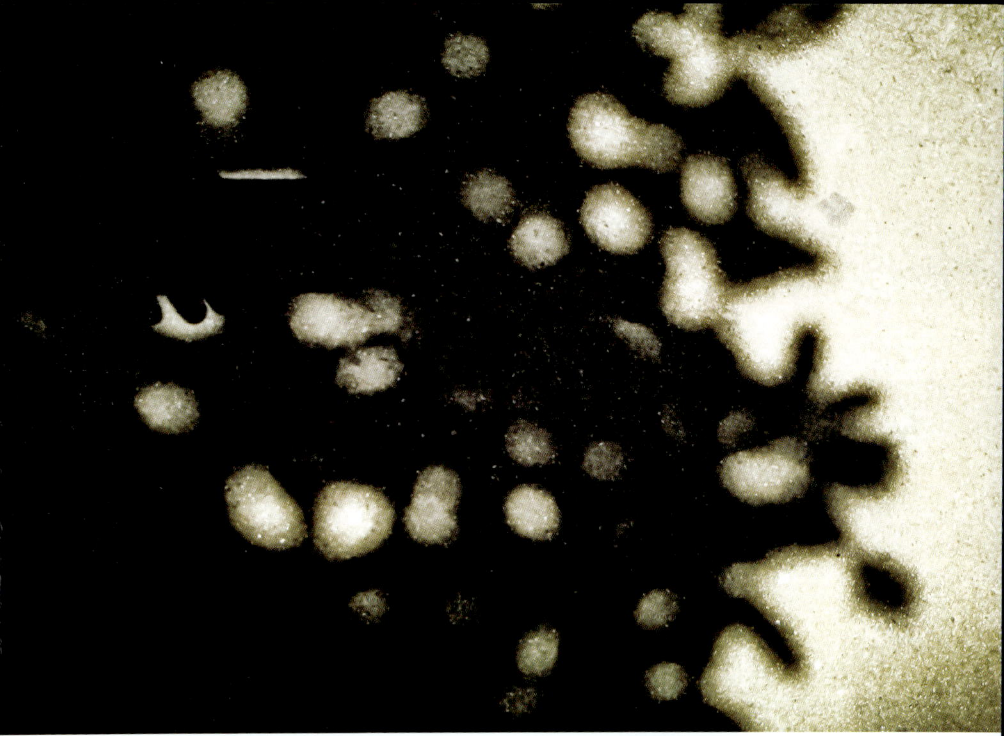

## 碎了一地

想弯腰捡起
每一个
大大小小的碎片
都是太阳
跳动着的心

2018.7.12

# 老人与孩子

孩子
成为老人
脸上写的
不仅是时间

老人
成为孩子
越过的
何止沧桑

2018.9.7

# 九一八

那些历史
像疤痕
看到它
会记起疼痛

看不到
就会埋在那里
等待发芽

2018.9.18

# 影

影儿拥着墙
墙就是一幅画
影儿卧于地
地就是一处景

将生命
投射到
静静的立面
生命更旺

伸手，拦一束光
光便走进
你的思想

2018.12.13

# 沙　漏

冰冷的季节
粉红色的沙子渐渐流走
向上的杯子已空
好时光
都溜到隔壁的杯子里

一个翻转
沙子又缓缓回来了
好时光却留下
不愿回归

2019.1.16

# 折　扇

鸟儿，随身带着两把折扇

热了，扇
冷了，扇
天晴，扇
雨雪，扇

为自己
也为别人

动人的弧线与迷人的风情
天地、自在、扇

2019.1.22

# 草花的玩伴

草花的玩伴
一个太阳

忽左忽右
忽前忽后
没玩够
悄然退去

要回家了

第二天
竟溜到了东边

红着脸
做了亏心事似的
抓把云彩
挡住自己的脸

害羞啊
那是太阳的天性

2019.1.28

# 打个包

清水
蓝天
油菜花

我是一阵晨风
悄悄飞来
打个包
带走所有的颜色

2019.4.5

# 远　方

脱离
晶莹剔透的诱惑
逃去无边碧绿

这是谁也无法阻止的远行

远方——
有最美好的诗

你
是别人的远方
别人
也是你的远方

2019.5.13

# 大地，倾斜啦

一棵树，守在那里
直到长大

孤单寂寞时
和路过的云说说话

四季冷暖
恰好轮替到
这个初夏

小时候再委屈
也不怕

等到叶满枝头时
一场暖雨
一阵劲风
一个站立不稳

看大地，倾斜啦

2019.5.17

# 月儿，默默

怕月亮
独自冷清
云儿呼朋唤友
欢跳到天明

怕月亮
夜路难行
云儿前呼后拥
陪到太阳来迎

年轻的月儿
亿万年的心

为何
默默无语到如今

2019.5.18

# 春天里的秋天

最为遗憾的
莫过于身在春天
与春天无缘

五月，响晴
雨露，滋润

你却独自
进入了秋天

叶叶如花
盘根虬干
萧萧寒气就此不远

2019.5.29

# 过硬本领

练，过硬的
就找铁硬的

对付，最硬的
要用
最尖利的

硬功夫
从这平常来

2019.7.6

# 故　事

光的故事
影的故事

光与影相拥

那又是
谁的故事

2019.7.7

# 夜与梦

夜提着两只灯笼
在乡间小道穿行

梦睁开了眼睛
一步步
找寻
故事中的黑林

2019.7.11

# 挂 面

只知挂面长短
不知面粉多少
只知麦穗大小
不知麦粒多少
只知麦田大小
不知麦秆多少
手捧喷香面条
只知味道
却不知味道到底有多少

2019.7.24

# 西北夕阳

又一个夕阳
一个有一个的样儿
一样的脸庞
不一样的梳妆

不曾记起有多少次
深情凝望

以为离你很近
其实你在遥遥的远方

我清楚
你的离去是黑夜
黑夜的尽头
总会有黎明的曙光

此时
你已沉睡
秋花未眠
默默的幽香

2019.8.13

# 沙　山

走的人多了
反而找不到路

沙山上遍地是脚
处处留痕

心里有一条路
眼里还有一条路
于是便无路

2019.8.17

# 淘气的树

淘气的树
不知道劲儿该往哪里使

向着天空
恣意挥动着长枝

电锯看不过去
伸出长长的手臂
呼啦啦
好一通修理

2019.9.4

# 等一只飞鸟

我长了秋天的翅膀
没有飞

傍晚的风
抖擞我的同伴
吹醒我的思绪

这是
一个最适合飞的季节

我选择屋顶踮脚
等一只飞鸟

2019.9.17

# 秋　分

阳光依旧灿烂
却失去几分热情

风抽干了水分
一只蚂蚱慵懒地傍着草根
夏天绝尘而去

随处都是中年的味道
撒一把秋的愿望

试着把秋分成两半
一半是绿色的禾苗
一半是火样的生活

2019.9.23

秋

# 好　奇

顺着问号的弯
走向叹号的杆儿
走过的是万水千山

省略号……
看明天

2019.9.27

# 渡江战役纪念馆

无数人的回望
那一天
千箭怒发
斩万里巨浪
越天险

在前委挥手之间
直捣黄龙
从此见了晴天

七十年巨舰
劈波向前
胜利塔高耸
与巢湖之水相映

欢歌唱遍

七十年变迁

携安宁铺就足下

放飞新生

捧一汪清泉

仰笑脸

红日总在东边

2019.9.29

# 一串风景

我不经意的脚步
惊扰你的平静
你的心
一长串惊魂

意外
一道美丽的风景

2019.10.4

# 等　待

山无言
守着另一座山
等白云

树无言
默守一片庄稼
等秋风

老屋无言
守着那扇门
等脚步声

整个世界
都有一个等待

2019.10.6

# 猫头鹰

自从
有了猫的模样
它便学会夜行

不知谁摁了月亮的开关
从此
分不清黑夜
也分不清白天

2019.10.10

# 噪音　福音

有一种破坏
叫立新
有一种粉碎
叫太平
有一种野蛮
叫文明

当制造的轰鸣
为百姓
噪音也是福音

2019.10.16

# 敬　礼

庄严的手臂
五指并拢
敬礼

你敬我
敬
自己的未来秋霜

我敬你

敬

曾经的黑瞳灵光

花开一季

每一季都是生命的模样

2019.11.4

# 阅　读

冬送来霜露
黄金的树

寒风嫉妒孤单的叶
不得不寻找归宿

翩然而落
片片串起
一年的情愫

麻雀跳跃其间
认真地啄
如同
在一行行细细阅读

2019.11.17

# 绿皮火车

绿皮火车拖着长长的记忆
在黑夜里

慢一点
再慢一点
让我透过每一节窗帘
看清
一车厢的春天

2020.1.11

# 小鸟儿

可以拥有蓝天
却偏要降落
收拢飞行的翅膀
只为
能在红尘里
找寻
一份独行

2020.1.21

# 红灯笼

垂在树梢的红柿子
雪儿想采摘
雪融了

飞在枝头的红气球
树枝想轻抚
花开了

悬在空中的红灯笼
风儿想熄灭
大地绿了

2020.1.29

# 大 雁

太阳沉醉
你的歌

大雁
请唤醒
这位熟睡的姑娘

2020.1.30

# 就在你身边

很近却遥远
近时，就在你身边

平淡却绚烂
因你已习惯

亿万之距在眼前
只为
能与你天天相见

2020.2.5

# 路　灯

我想与月儿
比谁的眼睛更明亮

你我约在
看得见的地方

我的微笑在你的心中
荡漾
别
一脚
将它踩在地上

2020.2.9

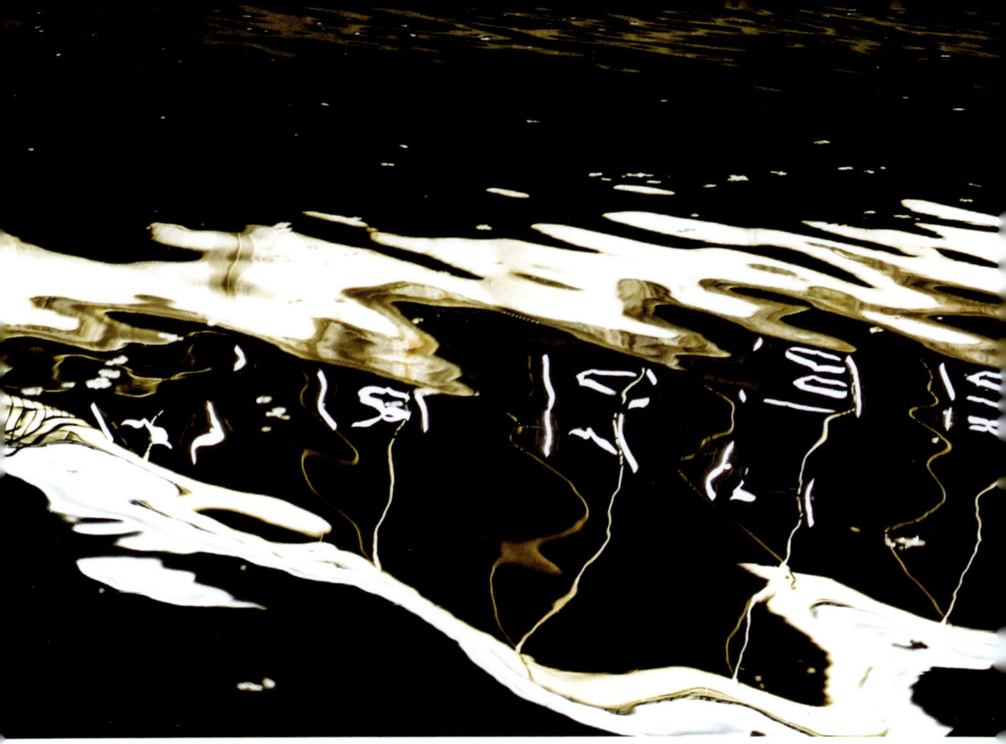

# 水的心情

水
躺在大地怀抱
颠倒了
柳梢与根的心性

水
颠倒这个世界的平静

水看这个世界
世界在看水的眼睛

春风
从月下过
弄乱了水的心情

2020.2.12

# 在山那边

她，缓缓地走向晚霞

总有一天
我会到山的那一边
手捧春天的云
迎着她

2020.2.13

# 越来越小

小时候
在地上画着方格
蹦蹦跳跳
脸上挂满欢笑

长大了
在纸上画着方格
上上下下
空间日渐减少

家在节节拔高
人却越来越小

2020.2.14

# 为一个故事，等一个冬天

白雪
她从冬天起程
大地安眠

河柳
风中站立
就为听一个故事
已经等了一个冬天

2020.2.15

# 习　惯

习惯低头
在自己的世界里走
找不到走过的脚步

习惯低头
踩住自己的影子走
不见来时的路

黄昏
蓦然抬头
望山顶

行走就是个动作
自己仍在原处

2020.2.22

# 过了这季

就选日光明媚
仅送一丝暖
柳叶如花见
过了这季
世间
再无伤感

2020.2.24

# 狗与人

可以揽在怀里
可以牵在手里
可以圈在屋里
两条腿
走不出四条腿的路
四条腿
却摇动两条腿的心
它离你远
你看它近

2020.3.12

# 春 分

地平线
把今天切成两半
独自远去
一半交给生长
一半交给落雁

远去的日子
把春天分为两半
一半深深眷恋
一半凋零花瓣

2020.3.20

# 背　影

不在美丽本身
恰巧是
她与花投缘
无意中
踏在春天的心坎

2020.3.25

# 老放映机

两根长杆
撑起一块会说故事的幕布

胶片
拖着长长的路

千百双眼睛
随着晃动的光束
一路跟随

走进光影最深处

2020.3.28

# 走四季

风揣着一兜彩墨
随意涂抹
画笔分得清四季

风拿着一支温度计
度量世界的每一天
水银柱分得清四季

风演绎一首鲜活的诗
触动每一颗心
文字分得清四季

驾着风
伸展着率性
她来
就是一道光
照亮心底的四季

2020.4.1

# 小花狗

陌生的脚步
打扰了一贯的悠闲
请你
表示尊重

摇动尾巴
仰头

理解四条腿的情感
如同不懂两条腿的心眼

讨厌，绝不说喜欢
喜欢，眼底不藏一丝丝讨厌

2020.4.8

# 思　念

天下雨
因为
思念大地
眼睛下雨
心在哭泣

看到了你
从此
不认识自己

2020.4.10

# 风的女儿

风筝是风的女儿
被风托举
甩着撒娇的长辫儿

每一个孩子
是大地的宝
大地伸出手臂
让他们尽情奔跑

春天一来
风筝就成了
孩子们脸上的笑窝

2020.4.11

# 残　荷

一个圆
你画半个
我也画半个
凑成一个
完整的世界

你伸出两根手指
我也伸出两根手指
组合一个
清丽的空间
实实在在
模仿你
简简单单
投映你
黑白分明
敬佩你

就这样——
清亮透明
一切都随你

2020.4.16

# 一棵树

开始就选择了这里
从没有挪过
哪怕一厘米
向上的身躯

风来雨来
闪电雷鸣
酷暑严寒

肌肤可以干枯
时光可以重复
它的胸中
永远充满着家乡脾气

2020.4.20

# 最美妙的音乐

一个声音
在耳畔萦绕
最好听的歌
只有一个
你说
要听就听曲调
你说
要听歌词的韵脚
你说
还要听声音的美妙
我想说
最好听的歌
其实
就是一个人的心跳

2020.4.24

# 茶　碗

把

心思

倒进茶碗里

就等你

端起来

一口一口

品析

2020.4.27

# 和太阳连线

想和太阳
连个线
太阳
行色匆匆
着急往家赶

没关系
沿着金丝线
一直走
太阳的家
就在大山的脚下边

2020.5.3

# 六尺巷

六尺的距离
也是距离
其间
印刻一串串
古往今来的足迹

百米的前方
也是前方
其间
需要走一段
渴求花开的向往

2020.5.6

# 万物皆有翅膀

万物生命
皆有翅膀
翅膀
就长在自己心上
启动的力量是思想的光
振翅，越过横竖的艰难
让背影留在地上
奔着灵魂飞
能到达任何前方

2020.5.18

# 在路上

不知道
自己
将飞向何方
但我知道
已经
飞在了路上

2020.5.19

# 高　处

老屋破落
家还在
颤巍巍
在高处
迎着风
望着明天路

2020.5.21

# 花　开

花开
你去欣赏
无须知道
为谁开

风可以不来
花依然会开
唯有蜂蝶知道
莫要采

2020.5.24

# 垂　钓

咬着那
尖利的暖
刺破冰凉
跃入你
宽宽的手里

牵手水面
投入时空无限
从无彼此的贪欲
自古就是
一段缘

2020.5.26

# 掉队的小鹅

年幼
腿短
水深
高高的坎
贪了一会儿凉
望了一会儿呆
看了一会儿白云和水面
等一等
我来了

谁说
脚趾一样长
树梢一样高
门窗一样宽
同样的月儿
每天还都不一样圆
等一等
我来了

我来了

走得有点慢

却与你

走得一样远

2020.5.31

## 风的口令

大山威风凛凛
倒背着双手
远远地
投来重重的身影
秧苗儿齐齐地列好队
接到风的口令
稚嫩的手臂
轻轻挥舞
摇动绿色的云

2020.6.7

# 一把伞

从出生的那天起
我们就拥有一把伞
风里雨里
为自己撑起

长大后
那把撑旧了的伞
搁置在老家的角落里
时常
乌云飞过
心里下着雨

还希望

小时候的那把伞

为自己

默默撑起

带着潮湿的你

蹚过风雨泥泞

2020.6.16

# 毛毛虫

毛毛虫
爬得忙
想在这世上
寻找一张网
拥有了纵横交错
心不慌

毛毛虫
爬得忙
想在这世上
挣脱一张网
陷入这纵横交错
心发慌

东升西落出太阳
风雨四季
都在忙

出出进进

结网破网

看谁

能抓住网中的纲

2020.6.17

# 古　井

把心伸进大地
心底盈满幽古的静
月儿怡然来饮
醉卧其中
不愿归去

蛛儿结云
欲留美玉
回望
天上银盘飞絮
笑小虫儿多情

2020.7.11

# 水深标尺

红色标尺
注解你的过去与未来
阶梯铺设
预估你水平的存在

别人的尺子
怎能测量自己的深度
微风过处
模糊了刻度
也模糊了
阔度与温度

2020.7.12

# 牙刷与口杯

相守
不是彼此的备选
走在一起
也只是一次偶然
不存在
永恒的经典
生活就是
口杯配合牙刷
筷子遇到了陶瓷碗

2020.7.16

# 老 姜

擎利器
驰沙场
老将神威

运定力
显奇能
谁敢来迎

2020.7.31

# 内　外

笼子
大大小小
笼子
有形无形

在不在笼子里
自己并不一定知晓

说它是笼中物
却可以翻飞自在
说它置身笼外
却又羁绊无奈

那扇笼门
谁可以自由打开

2020.8.17

# 一根绳

一根绳
一个舞台
一根绳
一个世界
一根绳
一条底线
一根绳
一个跳板
从这头
走向绳子的另一头
从有限
走向无限

2020.8.18

# 金丝线

一块含羞的罗帕
难掩万千光闪
忍不住急切

抬头望
点亮的眉眼
抛过来的金丝线
就在一瞬间

2020.9.6

# 留一条缝

关起一扇门

却开启了两扇窗

留一条缝

无意间

透过一丝清凉

2020.9.15

# 为鸟儿伸长

你从遥远奔来
振动着翅膀
可知否
每一根带着体温的枝条
都迎着你
伸长
伸长

2020.9.23

# 隐贤古镇的水藻

你的绿
遮住了天蓝
挡盖白云的悠远

你的绿
迷惑了清纯
收走柳条骄傲的身影

挤挤挨挨的拼凑
乌合成
一段随波逐流
抄起你漂浮的脚印
还原一张
古村的清秀

2020.9.25

# 补一块布

生命的高远
背后总有一个
为你默默修补的人

美丽
何止添一朵花
更需要补一块布

2020.9.26

# 一堆铅笔

艳丽衣裳
一肚子锦绣篇章

时刻准备
行走

诗意满腔

现如今
却零落尘土上

2020.9.27

# 看月看人

走过人生
才知道
看月
就是看人

月本无意
举头望
有云是中秋
无云
也是中秋

2020.10.1

# 白云不远

说不能上天
那是你没去飞
说有人拖拽
那是你没有勇气离开

扬手疾跑
抬腿奔跃
少了几分羁绊
离白云已经不远

2020.10.15

# 水　墨

秋风悠然
一页宣纸
在天空铺展

左手勾勒墨线
右手朱砂点点

夕阳嫣红
在枝头点赞

时光来去
涂鸦
年年水墨浸染

2020.10.18

# 一个世界都被太阳点燃

受不了
太阳的暖
就躲在太阳的阴凉里
蘸一把绿在全身涂遍

受不了
太阳的暖
就把太阳装在心间
炽热的光
从眼里迸射
一个世界都被太阳点燃

2020.10.20

# 看夕阳

你建一间草房
我扎下根
就长在你眼睛看到的地方

春天，送你一树花香
秋来，挂起满树灯红
陪你山岚雾起
一起看夕阳

2020.10.28

# 母亲的山芋

母亲的怀里
伸出了小脑袋

睁开嫩绿
好奇地探寻世界

秋风吹不灭
冬寒赶不走
心中的暖意
投入自然的爱

2020.10.30

# 错　过

远远的
你飞奔而来
闪着明亮的大眼睛
邀我乘坐

可我没有入座的那张票

只能
对着圆月
看着美丽错过

2020.10.31

# 记 忆

叶子又红了
这不是去年的那一片

北风飞来
带来去年的那片记忆

2020.11.10

# 翅　膀

坚硬石凉
心底却永远
保留着希望

相信腾飞的力量
冬天很近
寒冷越不过翅膀

2020.11.18

# 风塑造风景

干涩的冬
在池塘的心里
那么富有情趣
走进碧绿清澈的眼波

风塑造风景
水负责欣赏

2020.11.24

# 长丰戴牌坊访友

颠倒的正着看
是景
周正的倒过来
还是景

天与地相连

呼吸漫天的霞光

所有的风景

都留在路边的池塘里

2020.11.30

# 扯不断的一根线

忠诚
丈量奔跑的距离
亲密
计算飞行的速率

莫问相隔多远
彼此之间
总连着一根线
看不见
也扯不断

2020.12.10

# 水中树

湖水
淹没了它
哪怕
只有一丝清澈
也将显出它的高大

湖水淹没了它
哪怕
只露出一根枝丫
依然是
鸟儿的家

2020.12.15

# 拧亮了灯

寒冬
把一切
都凝固在夜的怀里
还有天上的云
没想到
熟睡的太阳睁开了眼睛
拧亮了
随身携着的灯

2020.12.18

# 把一样东西带回家

满天的浓云
一弯月牙
很小很小
一眼看到她

满天的浓云
一抹晚霞
很浅很浅

久久凝望中
把一样东西带回家

2020.12.26

# 飞　去

我们无法选择来历
也无法选择归期
却可以
选择
与谁在一起
映着满湖波纹
展开翅膀
朝着一个方向
飞去

2021.1.8

# 在岸边，易老

山
高高站立
不发芽
不开花
它不会老

水
匍匐大地
永远走在最低处
奔流不息
它也不会老

岸边的

春风萌动

沐骄阳而勃发

秋夜思

雪含笑

它却容易老

2021.1.11

# 随你老去

注定
只能在此生长
仰头，看天
低头，看自己
风打此路过
云送你滴雨
来去的鸟儿不知为谁歌唱
唯有脚下的土地
时刻拥着你
随你老去

2021.1.21

# 木 桶

即使
生而就有一条
甘甜的清河
能够自由汲取
可谁又
生而就有
那只取水的木桶呢？

2021.1.22

# 最懂你的心意

看田地
收走了稻米
留下了一望无际

看房舍
游走了生趣
留下一排排整齐

看树木
吹走了翎羽
留下勾勒天空的画笔

停走乡野
天地空阔
留下的
才最懂你的心意

2021.2.5

# 明天的翠绿

脚穿蓝天
别让喷洒弄湿了你的脚印
头戴黄云
别让紫外线
揉皱你的发髻
春泥润泽
将希望叫醒
我愿意提前飞出一程
借时光的眼睛
着急看到
明天满棚的翠绿

2021.2.6

# 家在这边

喜鹊喜鹊
等等我

我来啦！

你有翅膀
我也有

为什么
比我飞得快？

等等我
听我言
你的家在这边

2021.2.9

# 恰恰巧

为什么就在这一朵
也许是
恰恰巧

2021.2.14

## 今日雨水

惊叹于先祖
绘就一张潮湿名片
踩准了时间
今天
悄然从日历中闪现

一眼空阔
静候天地连绵
润湿心情
淋透辛丑牛年

雨水里无水

这一天

尘埃弥漫

浓荫躲过追来的光线

大山孤寥

横卧在

枯空的田野间

2021.2.18

# 今夜，没有星星

今夜
天空，没有星星
颗颗都长在地上
今夜
天空，没有月亮
月亮悄然落在心上
夜很黑
心很亮
大地是星星的故乡

2021.2.20

# 松与鼠

爬上树干
你好高
跃上枝头
你真灵巧
枝头有你喜欢的果
树根有你藏宝的窝窝

小松鼠
小松鼠
鼠有几多松
松有几多鼠
离开了松
鼠归何处
离开了鼠
松会不会孤独

2021.2.24

# 沉　醉

我看到了
沉浸在水田里的它

黝黝黑黑的脊背
吸纳西下的光辉

匍匐贪婪
洗尽一身的汗水
喊起身躯
快快家归

故土啊
脚下的芳菲
酿成封坛的美酒
喝一口
祖祖辈辈地沉醉

2021.3.30

# 蜿　蜒

笼起一缕思绪的闪光
蘸一弯新月遥想

弯弯曲曲
越道道山梁

手牵着两头
这头
连着家乡
那头
走向远方

2021.4.11

# 是否花开

一场细雨
一段相遇
无法决定发芽
却可以
决定是否花开

2021.4.12

# 花　香

树属于泥土

花归于蜂蝶

而我

闻到了花香

2021.4.16

# 巧　合

鸟儿
一大一小的两只
一对可爱

花儿
半开不开的两朵
一对清香

人儿
一高一矮的两个
一对至亲

狗儿
一前一后的两条
一对欢快

芦苇
一近一远的两杆
一对清新
……

一个又一个
结伴而来
自然不会孤独
定让你成双

2021.5.11

# 自己的戏

呱呱坠地
哭着走上舞台
演百年人生戏

台上台下
主角配角
演戏看戏

一镜到底
每天都是人生剧

最难阅读
生活剧本
演
最真实的自己

2021.5.16

# 正午的伞

正午
阳下
撑起一把把黄伞
遮光？
等雨？
小草站在身边
不言语

2021.5.17

# 杂交稻

——纪念袁隆平

种子的使命
是生出更多的种子
庄稼的愿望
是长出最多的庄稼
庄稼
都为生命付出而来
天上
陨落一颗最珍贵的稻穗
人间数不清的稻田
在流泪

2021.5.22

# 初相遇

初相见
惊奇
彼此的试探

四根细柱长长的脸
棕躯高高遮住了天

一根缰绳
拴着沙场的风
几丛绿草
留住激昂的视线

身高何如心高
自由驰骋
才是初心执念

2021.5.31

# 总有一匹马驮着你

——献给“六一”节

人
注定不会完整
梦中期盼
不停在飞奔
一匹深鬃长尾的高头马
宽阔的脊背
驮着你

生而有个人
是你的那匹马
你，也会是别人的那匹马
阳光可以逝去
天地可以翻覆

人啊
无须完整
牵好自己的那匹马
一骑天涯

2021.6.1

# 叶子是花

叶子
藏到暗处
光，顺着藤条找寻
送给她
看得见的光

有了心事
叶子就到无人处
无花的日子里
叶子就是花

2021.6.2

# 无　意

相拥
或许无意
谁，又能将它们分离
两颗不同的种子
扎进同一片土地
活在同一片林里
从此
谁也推它不去

2021.6.3

# 等

在最忙的一天
让自己停下来

站风雅处
梳理一下凌乱的羽毛

悄悄然
播一颗种子
用剩下的时间
等它发芽

2021.6.5

# 高考之前

闪光
催我看夕阳
看夕阳的眼睛
看到了你——
路口红灯下看书的姑娘

快抬头看
有一道彩虹
就在你的面前点亮

2021.6.6

# 妈妈就是回家的路

天黑了
领孩子们回
双脚开蹚
一条绿色柔软的路

天黑了
赶孩子们回

用脚丈量
一条灰色宽阔的路

天黑了
找妈妈
妈妈就是回家的路

2021.6.13

# 夜，不是黑色的

你，用黑色的
眼睛看我，我是黑色的
我，用黑色的
眼睛看你，你是黑色的
你我一起展翅
飞向黑夜
夜，却不是黑色的

2021.6.19

# 我的父亲

你

曾是我最怕的那个人

因为你高

看不到你的眼睛

因为你默默

看不到你的表情

你

曾经是我最难见到的那个人

因为离得远

看不到你的身影

因为隔着一条大河

听不到你的声音

你流过泪
你骂过人
你发过脾气
你……
如今你在哪里？

看山
山有千年古松
看水
水边有扎根的老树
虬枝指向
一线瀑布日夜不停

我知道
你是要走向大地
做最远最远的旅行

2021.6.20

# 我认识了一只鸟

风笛吹绿苗
这里，我认识了一只长腿的鸟儿
伫立
梳理如雪的羽毛
扑翅展曲线
一路向天
都言她的美
不知，她为了谁？

2021.7.5

# 火，眼睛

火一般的眼睛
在天上看我
看到了我的心
我用火一般的眼睛看天
心里
燃起了光明

2021.8.6

# 修　补

修补
一次追求
整形
换来一次挽留
抓住那根长绳
垂挂自己的眼睛
贴近贴近
调匀自己的心情
用心涂抹
收拾
每一块不平

2021.8.11

# 霍山横排头看景

别占据
太多的空间
你会显得很微小
别拥有
太多的时间
你会感到很寂寞
横排头
水流宽阔
只看白鹭飞来
清风过

2021.8.22

# 花与果

花

是果的风流

果

是花的等候

不做花与果

只做一片绿叶

一辈子守着一个枝头

2021.8.29

# 陪着你

风说
你想在哪里
我帮你选择

草说
生长在哪里
我不需要选择

雨说
无论你在哪里
我都会来陪你

2021.8.31

# 行与不行

走路上的
不一定会走路
站田地的
不一定会种田

在路上
会阻碍行路的车
在田里
影响了种田的人

行与不行
看自己身在何处
而不在别人的眼睛

2021.9.1

# 只看你

天很大
云很少
蛋糕师喷出的奶酪

天很远
云很近
海面凝成的彩色冰

天恒常
云来去
不看闲云只看你

2021.9.9

# 你有着太阳的模样

天光云影
看不清你的脸庞
心里明白
你有着
太阳的模样

2021.9.17

# 听

默默地
收藏自己的心思
风来了
讲述一路上的故事
只有小草
在听

2021.9.25

# 路

找路难
看
哪一条
能通
家门前

2021.10.2

# “国庆”

——到寿州安丰塘赏景

登三丈高台

看满地文章

播种见真情

收获有四方

水稻田里嵌风景

自古为民第一塘

2021.10.5

# 谁家的妈

秋雾浓
原野旷
不知道
收割过的田头
还能捡拾到啥

头结霜
弓腰抓
背承重
不知道啊
她又是谁家的妈

2021.10.10

# 霜　降

不来自天上
却发自内心
终于鼓起了勇气
赶在秋季最后一个日子
站在小河边
红着脸等着你

2021.10.23

# 浮　华

来一趟

去一趟

来来回回

修剪平生的浮华

留下根的潜藏

等待清风走过

抚摸山冈

2021.10.31

# 找到南方

有着明亮的双眼
心不会荒凉
能看到自己的影子
不会感到孤伤
腾飞的翅膀
还在
一定能找到南方

2021.11.6

# 一只老雀

飞上屋檐
踏岁月
我
就是那只老雀
数不清黑砖锈瓦

独自找寻
选一处停歇

问自己
何处无尘埃
抬眼看天
只愿在古今跳跃

2021.11.10

# 过三河老桥

一座古桥
一把花伞
从这一头到那一头
越过千年

2021.11.11

# 留　下

本以为
可遮避风雨
却风雨飘零
枝头纷纷逃去了
留下来的
就是风景

2021.11.12

# 一抹黄

一抹黄
太阳的颜色
一抹黄
风的颜色
一抹黄
音符的颜色
从那天起
她一直赶来
就为一抹飘香

2021.11.16

# 陪　伴

陪伴了一生的叶子，随风
一树红果果
陪伴了一生的果儿，随鸟雀

天空伸展的落寞
还有
屋顶的翘角

2021.11.18

# 一只猫

旅途中
总有一只猫
随着你
或前或后
忽左忽右
细长的尾翘得高

悄然跟行

还会冲着你笑

本以为她将离去

可无意间

她又出现

在你经过的

下一条岔道

2021.11.23

# 小和尚

一片叶子
遮挡我的光
两片叶子
托起你的梦乡
睁眼看尘间
闭目见天光
弥陀佛
小和尚

2021.11.25

# 握沧桑

孩子
伸出你的手
握一段沧桑

季节寒凉
依然可以生长

别忘记
稳住身体
守好自家的门窗

2021.12.2

# 老　茄

经历过四季
见过蝴蝶
一生只为果实而奋力

一场绵绵透雨
满身凉

独自垂落
不期望有人采摘
只随秋黄老去

2021.12.4

# 冬　荷

一池静练
等严冬
送荷一个圆满

荷花乘船去
叶在风中瘦卷
铺一领素笺
点画勾勒
倾听彩霞映照的傍晚

一对鸟儿来过
与枯荷漫步
叙说昨天

2021.12.5

# 喜鹊在哪里

原野
空阔
土黄麦绿

夕阳早已回家
喜鹊呀
你却在哪里

2021.12.8

# 在何处

立于水中，看水
水就是全部
站在岸边，看水
世界就在水中
冲破水中的世界，转圈圈
不知世界在何处

2022.1.11

# 山巅

看山

山很大

上得山巅

却发现

人

很小

2022.2.10

# 最诚实的色彩

五彩斑斓
是你的最爱
你却选择黑白，这是
你
最诚实的色彩

2022.2.11

# 在天边点一把火

谁在西边点一堆火
烧光了所有的云
留下一地暗黑的灰烬
偶尔点点火星
天在呼吸
也会眨眼睛

2022.3.9

# 调　皮

甩
一竿随意
钓
夕阳、月光
钓
沉静、奔忙

鱼儿很调皮
撩泼你一身的波浪

2022.3.24

# 贪婪

风贪婪
便有花的鲜艳

花贪婪
迎来蜂蝶的爱恋

泥土贪婪
方有庄稼的饱满

鱼虾贪婪
引钓者欣欢

贪婪——

贪的是自然

贪世间

特别的因缘

2022.4.16

# 在书中

有一本书
一直就放在那里
需要双脚去阅读
读着读着
就有了人类

有一本书
出生的第一天就带在身边
读着读着
就过了一生

有一本书
从封面上读到了我
算不算已经打开？

2022.4.23

# 天下公鸡同唱一首歌

公鸡
不分天南地北
高唱同一首歌
谁谱的曲子？

公鸡
不问红黑白花
一样昂首挺立
谁排的舞姿？

一样的晨时
不一样的服饰

怀一种心思
与大地、朝阳是同一个老师

2022.4.26

# 窜几把火

花开
并不真的
就要有一个结果
花开了
向世界发一个
藏不住的宣告
结不结果
先在碧绿稠密的高枝头
窜几把火

2022.5.16

# 点一盏长灯

月，羞红
因看了人间

不知明月几多岁
今细看
玉面长寿斑

莫孤单
点一盏长灯与相伴

时光渐渐
长夜却无眠

2022.6.15

# 捡拾生活

俯拾皆是
庄稼地
麦穗野绿
捡拾起——
风景
心情
自己的一段生活

2022.6.20

# 敲过了门

撑起一把伞
把自己裹严
不让炎炎赤日
也不让鱼儿
看见

伸出长长的棕绳
等你来
不知这是不是一种伤害
水中泛起了细纹
就当
早已敲过了门

2022.6.22

# 看　云

小时
看云
云是田园里的剧情
谁是故事主角？
随泛滥童心

长大
看云
云是出门的心情
阴晴、风雨、霜雪、电鸣
一切，随心而定

暮年

看云

是世态人生

云涌云散

万年如此

人，只是居间一瞬

2022.6.30

# 太阳一只眼，月亮另一只眼

太阳，一只眼
月亮，另一只眼
白天
看百态世间
黑暗降临
换上夜晚的眼
半闭半合
为看清自己

2022.7.6

# 圈住你

你远
很远
一颗红红的点

你近
很近
一颗听懂的心

你圆我也圆
我在圆里看你的眼
我圆你也圆
你恰好走进了我的心

2022.7.22

# 邂　逅

你是我
不经意的邂逅
我是你
不经意的停留
生命不分大小种别
珍重彼此
同一个时空行游

2022.8.24

# 为树唱一支歌

鸟儿
你登临枝头
可向树儿征询过
衔枝垒窝
可与树儿招呼过
当带着孩儿离去时
一定
要为树儿唱一支歌

2022.10.13

# 找到了自己

风儿
掠过
鸟儿逃离
片片叶儿
飞去
树，终于找到了自己

2022.11.4

# 摇 床

闲时无处去
却来挂两头
一头系母柔
一头牵父手
摇中有日月
何时放远游

2022.11.12

# 树上的太阳

太阳
是天上的柿子
柿子
是树上的太阳
支起长长的梯子
伸手把太阳摘回了家
擦一擦
咬上一口
满嘴都是太阳的味道

2022.11.23

# 半亩田头飘谷香

旧粉墙上一幅画
画中有人闲
半亩田头飘谷香
怎么看
都是丰年

2022.11.30

# 惊　扰

身姿优雅
为什么
飞得高高，离得远
让喜爱的人儿
不得近观

总想
悄然靠前，细细看
总担心
惊扰了她蓝色的生活
宁静的双眼

2022.12.4

# 冬阳的温柔

浅的沙洲
等白羽长翅的停留
蓝的小木舟
等行舟者深邃的眼眸

沙池干涸
浅滩困守
期盼，写满细沙
每一粒都讲述冬阳的温柔

2022.12.8

# 等回望的你

盘桓而下
收拾羽翼
就在那个路口伫立
看来来往往

熟悉的足迹
守候
总会等到回望的你

2022.12.10

# 剪　影

看不清表情
却知道
你一直在努力飞行
别向着太阳
剪显露的身形
会招来妒忌的眼睛

2022.12.14

# 何日归故乡

北域极寒
不知指向何方
西追夜暗
南去高山
东望苍茫
一直在天上飞
不知何日
能归故乡

2022.12.23

# 从风雨中走过

你我
从风雨走过
再也不是
当初的人
过去的自己
被丢在风雨前

2022.12.29

# 腊八节窗前看果

一锅水
一锅暖
融进各色的长长圆圆
一把火热释放彼此胸怀
柔软坚硬
绷紧笑脸
腊八节
腊八粥
看窗前果黄叶红
心走近
日子已走远

2022.12.30

# 一切尽在自己脚下

世界很大

目所及
双脚却难以到达

心飞去
翅膀却难以到达

世界大不大
一切尽在
自己的脚下

2023.1.7

# 收 脚

站立

只需一只脚

撑起一条腿，屹立不倒

收起一只脚

让另一只去思考

就让翅膀

带着自己奔跑

2023.1.9

# 迎娶春天

黄昏时
拨开寒风中瑟瑟的枯草
露出梦中的惊叹
面对贫乏的世界
你郑重告诉大地:
要在大雪封冻时迎娶春天

2023.1.10

# 放风筝

春风
给了你飞行的希望
也给予你自由遐想
如果只有风
你只会一个跟头摔在地上
一根线绳拴住你
你才飞得高，放行更长
与白云握手时
可别忘
久久注视你的目光

2023.1.27

# 春天，挂在冬的臂弯

琉璃红
翠绿轩
映照清澈满眼
以为冬寒
这是春天
春天
就挂在冬的臂弯

2023.2.3

# 荷　缸

冬天
万物凋零
荷缸正青春
天上闲云
树上鸟鸣
她们协力送来生命
等花飘香
清荷遮阴
谁还在意脚下
一坨圆黑无趣的柔情

2023.2.7

# 我为春光按下暂停键

我为春光
按下暂停键
恰巧
你就在身边
我把春天还给春天
随手
也将你牵到里面
翻看春天时
也顺便
和你见上一面

2023.2.13

# 一只虎猫

天将晚
河边路
从容独行
脚不平心却平
遥望寻
何处去
拖一根虎虎坚定
人同物
物与人
江湖人生

2023.2.17

# 风　景

竖一块青石
刻上几个红字
是憧憬
站在，石头的身后
吐芬芳
摆弄几个姿势
才是风景

2023.2.22

# 初春金寨游

金寨老区
有宝塔
山顶矗立

归来后
带回一座塔
看哪里
都是风景

2023.2.27

# 同一个春天

你在你的枝头
我在我的枝头
占据
不同的青枝
踏着
同一个春天

2023.3.2

# 风景的故事

上山时
看到的
都是别人的风景

下山时
回头望
一路听风景的故事

2023.3.3

# 信　使

一朵到另一朵
信的内容大家都知道

凑近花的耳朵
传递的口信
只有花知道

2023.3.4

# 最美的景总是走得急

既然来了
就别想着离去
结一环温柔
圈着你

包装你的香馨
收留你的足迹

宽容你
撩人的小脾气
别这么快就离去

2023.3.9

# 锁门人

树长高了
叶儿变绿了
花儿绽了蕊
光阴在白墙黑瓦间徘徊

锁门人
何时归来

2023.3.13

# 留在昨天

无须回答
我选择了沉默

月儿
从一潭深水划过
风
昨晚没有来

直到清晨
鸟儿
依然睡着
将歌留在了昨天

2023.3.17

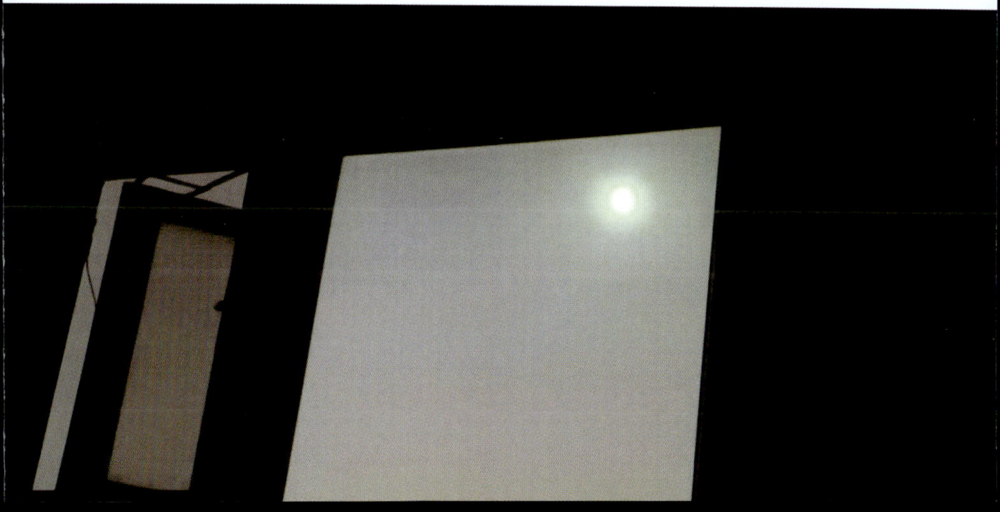

# 独行的路

谁牵你
走出土坯青石门
谁领你
越过门前高高的沟埂
不是每一条路
都有熟悉的身影
旅途悠长
从这头望向那头
总有一段路
要一个人
独行

2023.3.18

# 天地柔情

天俯下身
想给大地一个拥抱
于是有了彩云

天俯下身
想给大地轻吟一曲
于是有了春雨

天空的心思
大地懂
于是，天地间有了万物四季
那是天地柔情

2023.3.19

# 春分看景

春风
分一半给你
另一半
就是她自己

2023.3.21

# 这片云，永远不会再来

坐在
春河边发呆
鸟儿在眼前飞奔
长长的脚印
踩翻了路过的云彩
我知道
鸟儿还会回归
可这片云去
永远不会再来

2023.3.22

# 梦在岁月中萎缩

远处的灯盏
越过古老悠长的河
闪烁在绿柳针叶
那是别人的梦
在随风飘摇
自己的梦却躲进角落
随年月在萎缩
我开始用双手掂量生活
春天里
只寻找果实
一定看不到身边的花朵

2023.3.24

## 为我歌唱

停树旁
看枝头上
一个清秀的模样
今日天空碧蓝
低低问一声
是不是
在为我歌唱

2023.4.2

# 失去，是为新人腾空旧房

拥有了春天
便失去冬阳
还有
晶莹的雪仗

拥有了卵石满河床
便失去岸的倩影
小溪的歌唱
月行水中央

拥有
是失去的开始
失去
是为新人腾空旧房

2023.4.6

# 影子落在地上

树告诉鹰

别飞得太高

要让我看清你飞翔的模样

鹰说

飞得再高

影子

还会落在地上

2023.4.10

# 家，在梦里

那年
父亲走了
再也看不到山

山在心里

去年
母亲走了
再也找不到家

家在梦里

2023.4.15

# 他，走远了

他
走远了
看着他的背影
我默默跟在身后

他
走远了
不再回头
我随长长的影子在走

他

走远了

迎着一道光芒

很长也很瘦

影子拉住了我的手

2023.4.18

# 把夜放出来

昨晚
把小城的夜
装起来
回得家来
打开背篼
居然还那么新鲜
如同在月光中洗过一般
此时放出来
为一个节日清欢

2023.5.1

# 晒　茶

谷雨前
天上的云
悄悄降临屋檐
奶奶走过来
拿过了金竹匾
将云抖一抖
晾晒在窗前

2023.5.5

# 田间一棵树

一棵树
独占天地
一棵树
独有四季
看身影
从西到东
听鸡鸣
从东到西
独守万片田亩
到百年
没有半分挪移

2023.5.7

# 老　狗

一条老狗
匆匆赶路
偶尔停下
将身子抖一抖
一身的疲惫孤独
丢在了身后
不知何时
一路远行的伙伴
已各自走路

2023.5.9

# 听眼睛说话

一只猫
闭紧嘴巴
让两只眼睛说话
它知道
不管是谁
眼睛一定能
听懂眼睛说的话

2023.5.10

# 夜晚，灯光在门前徘徊

夜
浓黯
我还在看天边的那抹云
青蛙声高
夏虫唱和
小路铺满星光
花儿暗送芬芳
远处的灯光在门前徘徊
提醒我
早点回来

2023.5.14

# 日子不会成为一条直线

你来与不来
不会影响大地的心情
花有花期
风儿随性
树叶儿飘落
四季依然更替

你去与不去
没有影响天空的心情
云彩来了又走
鸟儿自在飞停
天随意蓝紫
月儿可以在白天露面
反而在夜晚归隐

你的来去
随你的心情
金钟可以摆停
日子不会按一条直线前行

2023.5.15

# 两只红嘴鸥

你看我
我却看路边树
我看你
你在看新建的瓦屋

抖落身上的一根长羽
等风来吹
回头看
在不远处
被另一只
红嘴鸥接住

2023.5.20

# 回家里

挺立枝头
一年年
四季轮回变换
或已忘记
时光也有长短
落英缤纷
就是要提醒
回家去
也就一场风雨的时间

2023.5.24

# 哈哈哈，你看它

哈哈哈
你看那
咧着大嘴
吞不下人间佳话
你看它
尖利上下
咬不动街市高楼大厦
你看啊
红巾顶头
碧眼玲珑
看不清人间繁华
喊一喊
何处欢歌
扭一扭
地生烟花

2023.5.26

# 报　数

闻不到
遍地飘香
看不见
坡底秧苗
拾起枯枝短剑
点指一地光腿老树：
都到近前排队
一个一个报数

2023.6.13

# 打　扰

天太热
风太暖
稻子低下头
躲进自己的怀里
睡午觉
粉蝶太无聊
一遍遍
飞来打扰

2023.7.16

# 莲　花

捧着一颗心
一尘不染地
从淤泥中走出来
池水怜爱
把她从头到脚都洗涤一遍
让她美美地开

2023.7.17

# 训练场

鸟儿的天空在树上
我们的天空
只是
鸟儿们的
训练场

2023.7.19

# 牛

对牛来说
跟着别人走时
很轻松

有一个人
跟着自己走
很累

2023.7.21

# 拍　鸟

想给天空拍个照
放在我的书桌
天空不配合
结果
只拍到了
一只很大的鸟

2023.7.24

# 一模一样

手指破了
又长出
新的指纹
与原来一模一样

心碎了
会不会
也长出新的
一模一样

2023.7.27

# 心　重

试试新鞋子
发现左脚
比右脚要大
随着年龄越来越大
原来
心脏长在左边
心很重

2023.7.29

# 立　秋

都说今天立秋
可是
秋到底在哪里
沿路看遍所有树冠
又寻找树下
原来秋就躲在
密密的绿色之间
我晃动树干
使劲把秋摇落地下
瞬间
又回到了
炎炎盛夏

2023.8.8

# 心弄脏了

手脏了
脸脏了
头发也脏了
浸润水中
涂抹洗液
搓一搓，再冲洗两遍
干干净净

那么
心弄脏了呢？

2023.8.9

# 知道不知道

花开时
蝴蝶知道
花去了
叶知道

我们看到的花
古人也看过
可是，花
不知道

2023.8.11

# 因为那朵云

因为那朵云
我看到了那棵树
白云躲在
树的最高处

因为那朵云
我看到了那座楼
笑脸就映在
那扇明亮的玻璃后

2023.8.13

# 打此路过

微风乍起
看天上的红云
就觉得
这是打此路过的
一个熟人

2023.8.15

# 这是一棵看风景的树

这是一棵
看风景的树
从开始就在那里
一年年
将六面的景色
看了一辈子
还有自己的风景
没看够

2023.8.18

# 淡鱼咸水

江河归海
冲淡不了海水的咸
游入大海的
淡水鱼儿
你将在
咸咸的海水里
重新长大

2023.8.1